JN157607

句集

雨奇

前田攝子

角川書店

【雨奇】目次

装丁　野村勝善

句集

【雨奇】

Ⅰ 登高

二〇一三・二〇一四年

七十一句

去年今年海のきはまで星満ちて
お降りや父と連れだつ一つ傘

山姥の簪となる草氷柱

志摩国一之宮なる初音かな

透明の水差バレンタインデー

比良晴れよ比叡晴れよと揚雲雀

あすは引く鳥か水輪を重ねあひ
尼様のひとときは小柄花まつり

かつて日々歩きし町の夕桜

売り物の箒古びて燕の巣

雨をよぶ色にうはみず桜かな

回峰の草鞋干さるる山桜

一抱へ馬へ抱きくる藤若葉

のけぞつて歩みたまへり練供養

練供養嫗菩薩も在すらしく
落し文少し披いてをりにけり

海峡の日輪蒼しやませ吹く

鮴船岬を巻いて戻り来る

根を切るは女の仕事昆布干す

その頬の乳いろ礼文敦盛草

明易や雨のにほひの針葉樹

椴《とど》松《まつ》は雲呼びやすし登山地図

コーヒーを濃く筒鳥を聞きてをり

萱草の咲きて錆浮く小舟かな

重きもの引つ掛りたる蜘蛛の網

虫干や箱を出にくき古今集

夏休みナウマン象の大臼歯
落ちてゐしハンカチ椨の枝に掛く

郭公に急ぎ鳴きてふことのあり

風湿る花の終はりのちんぐるま

しらびその幹老いしめて松蘿

甘すぎる中風封じの南瓜なり

みづうみも例外ならず秋出水

山国にありし鳥葬桐一葉

月遅き夜を深山に踊るなり

八月の沼とろとろと照り返す

沢蟹の鋏しづめて水澄めり

棘強きものを離れず秋の蜂

ひたひたと月に影さす虫しぐれ

啄みをもはら子規忌の雀かな

近づけば何か離れて曼珠沙華

水底にかりがね寒き水の影

大阿闍梨亡き北嶺の秋さびぬ

鍬の土落し高きに登りけり

京都より赤子来てゐる秋収め

秋風や化石に細き魚の影

土ものの壺据わりたる十三夜

晩秋の日溜りとなる湖心かな

風少しあり荻の穂の蓬けけり

天球の深さに触れてゐる夜寒

ふはふはと土竜死したる黄葉谿

紫の実のうち混じる熊の糞

下校児に熊除の鈴配らるる

夜の焚火どれも悲しき山の歌

声高のひそひそ話十夜婆

相続に話飛びたる湯冷めかな

日当りて金黒羽白らしくなる

みづうみを満たす夕映え雪蛍

せせらぎのやうな鳥ごゑ藪柑子

尼様も混じる横川の落葉掻

ロープウェイ見ゆる北窓塞ぎけり

七賢の一人隠るる襖かな

心憂き日はセーターのモヘア着て
みづうみの底を思へり十二月

どうでもいい話続けて風邪心地

首の骨こきと鳴りたる冬の夜

霙るるや軒端に洗ふへしこ樽

夕づくと若狭離るるる雪催

釘抜いて開ける木箱や小晦日

寒ムや世の何かくづれてゆく気配

大年の天心にある昴かな

Ⅱ 雪蛍 二〇一五年

七十九句

お降りの忽ちしまく山河かな

庭に摘むはこべすずしろにて足らふ

遺水に寒芹の色濃きところ

三橋節子見て寒林を歩みけり

ほのぼのと手の窪にある寒卵

一群の傾きて飛ぶ遅春かな

春の炉や小枝ほつほつ膝に折り

天日に応へて朴の芽吹きけり

引退の列車がくるよ揚雲雀

魞竹の高さまちまち陽炎へる

人の世に魔除あれこれ鳥帰る

龍天に登り赤子に蹴る力

太刀舞の巫女若からず春祭

花きぶし砂乾きゐる丸木橋

春宵の呼べばすぐ来る救急車

春風の小さな町に迷ひをり

雀蜂の巣のいま握り拳ほど

はなびらの貼りついてゐる春子かな

白き尾を振れば忽ち春の馬

夕暮の水光りをる山桜

梨咲いて介護ベッドの運ばれ来

湖のひたと紺青抱卵期

子持鮒重し重しと釣り上げぬ

浦島草この世の端に糸垂れて

諸挿して星の濃き夜となりにけり

雨の粒とも栴檀の落花とも

葦切の声しきりなる胸騒ぎ

あひ寄りし蛍つひに触れ合はず

ならはしの夜爪や青葉木菟のころ

横綱に土射干のすぼみけり

をみならは祀られぬ墓所黒揚羽

日暈や山繭すこし汚れたる

庭の花剪つて海の日暮れにけり

青葦の担ぎ込まれし宮居かな

山風に日傘畳みぬ木綿橋

沢蟹をバケツにて売る湖魚の店

拾はれし蟬のふたたび落ちにけり

みづうみは真闇いちまい白鳥座

のつそりと犬の出てくる糸瓜棚

川に手を洗ふ少年いわし雲

梨を捥ぐ後ろに梨の落つる音

比叡より下り来る闇やちんちろりん

おのおのに空をつかひて秋燕

大揺れのコスモスに音なかりけり

近くまで嵐来てゐる秋夕焼

まだ砂になりきれぬ石雁渡し

太陽の真下に啼けり宇陀の鵙

引き抜きし花に寄りくる秋の蜂

蚯蚓鳴く野良着となりし登山服

噴き出ししわが血の匂ひ虫の闇

葉裏より風の蝕む破蓮

竹煮草紙のかろさの実となりぬ

中天へ来て明月となりにけり

帰農して十年といふ今年米

みづひきや横川詣の女連れ

大皿の山河に余る江鮭

木の匙に琵琶鱒の子のあかねいろ

障子なき家の簾を納めけり

風に点く外灯二十三夜月

晩秋の波のどぶんと崩れけり

唐突に来る晩年や小夜時雨

今生の終の添ひ寝の布団敷く

胸中に招じ入れたき雪蛍

枯野行くふところに死の診断書

わが身ぬちより冬ざれの始まりぬ

葬りのあと風邪心地ココア溶く

雑炊や亡き人に腹立ててをり

一つづつ消す生の跡冬夕焼

悴みてこの世の月を仰ぎけり

印影の朱の美しき霜夜かな

鈴の音とわが足音と冬雲と

深海にをりし魚食ふ雪催

荻枯れて波の高さの定まらず

ざらつきし竹の切り口年用意

午後の陽の射し込んでゐる古暦

見定めて山の名言へり冬日和

冬すみれ歩めば力湧ききたる

日脚伸ぶ夫のペンもて書く手紙

水べりの雀と年を惜しみけり

Ⅲ 遍路

二〇一六年

四国八十八箇所霊場巡礼　六十三句

発心や中天に立つ寒北斗

浅春や古びし夫の輪袈裟掛け

渦潮の芯に現し身吸はれさう

岩踏みて御堂へ辿る余寒かな

身の上の相似し人や遍路宿

夫と来し道と覚えて春の山

蓮植ゑて阿波一国の高曇り

ふつくらと西国の山花菜漬

合掌の黙に囀り高まりぬ

潮汲みの男出てゐる春の浜

のどけきは室戸岬の鴉かな

大岩に花冷の手を触れにけり

化石掘る子に声かけて遍路かな

春風の竜宮門に腰下ろす

草餅や仏拝みし手につまみ

達者でと言ひて別るる朧かな

ぺたぺたと志士の肖像へんろ宿

熱き湯に遍路の足を宥めけり

子遍路の姉妹しづかに湯をつかふ

春宵や朗らに笑ひみんな寡婦

この辺り脱藩の道山辛夷

長磴の石ゆるびたり鳥の恋

少しづつ遠のく夫や春夕焼

巡礼図ひらきてをれば夜の蛙

山桜朝のひかりを温めをり

行春の秤に載せる種生姜

子規虚子の伊予に参りし遅日かな

ぎしぎしに触れて入りたる札所寺

巡礼の杖に寄りくる孕み猫

巡礼に西国広し鳥曇

お遍路やちぎれさうなる地図広げ

桜蘂降る父のこと母のこと

南無南無と心委ねてあたたかし

荒れし庭つくろふ遍路帰りかな

有り余るひとりの時間春惜しむ

葉桜や指もて辿る転生図

折れてまたつづく坂道花みかん

新聞紙広げ筍干してをり

登り来し四国高野の青葉冷

青蜥蜴過りていよよ碧蒼し

青嶺又青嶺巡礼続くなり

暈かぶる夕日明るし麦の秋

黒南風や屋島は木々を濃く重ね

菩提樹の咲く空海の誕生日

南風やはきはき申す十善戒

巡礼の旅の終はりを時鳥

満願をほとけに告ぐる夜涼かな

ひとしなみ灼けて高野の無縁塚

くび伸ばす杉の戸の鶴秋近し

ある夜酌む夫の漬けたる梅酒かな

月涼し歩き遍路のこころざし

里人に教はる小径花ひらぎ

接待の塩むすび食む冬日向

くだら野に巡礼の道見失ふ

笠置きて十ばかり摘む冬苺

朴散るや山の深きに遍路墓

極月や阿波の日向をひた歩き

短日の遍路ころがし下りけり

まづ洗ふ巡礼の杖日短か

山伏と酌み交はしをり枯木宿

冬鹿の声を聴きゐる枕かな

巡礼に師走の日数費やしぬ

夫に逢ひ己れに会ひぬ冬の星

Ⅳ　瓢の笛

二〇一六年

七十六句

算数を解く子と並ぶ初電車

薺打つ仏間に香り届くまで

雪片の散りくるやうにゆりかもめ

坂の上に掛かる日輪冬の梅

雲版に風のぶつかる寒旱

水論の木札倒れし枯野かな

右向きに貰ふ鯛焼落ち着かず

野施行やおこはをちよぼと椿の葉

初瀬みちのいまだ幼き蓬かな

濡らしてはならぬ膽本春みぞれ

一と筆に仕上げし涅槃図の蚯蚓

あたたかや作務衣の胸のごはんつぶ

父逝く

なきがらと一献交はす朧かな

引き捨ての水菜より花立ち上がる

永き日やごつそり返す畑の土

末黒野のつづきに水のひろがりぬ

手漕舟近づいてくる古巣かな

妊りのしらせ菜の花蝶に化す

三井寺に湧き春水となりにけり

白象の到着したる花の寺

鶏飼ひの地下足袋で来る仏生会

仰山の人形を見し夕朧

太書きの稽古心得祭来る

百選の棚田の荒れや夏蓬

大宇陀の茅花流しを歩きけり

抜け道か漁師の地所か小判草

六月の風吹き通る四つ手網

鮎掬ふ操舵席より駈け下りて

大水の水位記せる簗番屋

鮎の跳ぶ簗の上手のしづけさよ

青田風水分さんへ献酒提げ

斎竹へ軒の菖蒲へ風走る

直会のたけなは薬降りはじむ

水中花つぼみの時のなかりけり

草いきれ湖の風切れしとき

水打つや去年の暮しの続くごと

箒目の先々にある蟻地獄

捕虫網もつ子がおやつ呉れにけり

わが打ちし畑の好きなる蚯蚓かな

舷の湿りて来たり蚊喰鳥

早瀬来る御料鵜飼の篝三つ

葭簾連ねて琵琶湖博物館

けふの花しをれ朝顔市の混む

夕焼のひろがつてゆく祝詞かな

松ぼくり集めに散れりキャンプの子

包帯に花粉の汚れ原爆忌

三伏を三角巾に頼りたる

切りそろへ太さの違ふ苧殻箸

鳴り物の音頼もしき盆供養

秋風や舟に仕分ける貝と砂利

夕波に処暑のくるぶし遊ばする
みづぎはに砂の山脈あきあかね

駐在の裏を吉野の鮎落つる

亀潜り後の彼岸も過ぎにけり

初鴨や雨の水輪をくづしつつ

蘆原にとほくの蘆の風聴けり

初穂料納めて入る茸山

肩車され地芝居の子役来る

田仕舞の煙写生の子に迫る

豆畑に末枯進む光かな

瓢の笛かの世の人を呼ぶやうに

墓訪うて釣瓶落しの丹波なる

種採りて子の欲しがらぬ家に住む

火恋し庭の雀も帰りたる

臍の緒の琥珀のひかり小六月

東京にうからの増えて酉の市

寄鍋やこんがらがつてゐる会話

水道の栓ゆるびたる十夜寺

マラソンが来ると落葉を掻きてをり

夫の忌のとある冬木を訪ひにけり

炉明りや杣の画きし山の地図

木の皮のかけらの混じる滑子籠

リース編む薪ストーブに実の爆ぜて

姉川の霜枯の葛踏みにけり

城塞の山へ大鷲到りけり

ペン先へインク下り来る霜夜かな

Ⅴ

八朔柑

二〇一七年

九十六句

泊船に潮位増しくる初明り

澀東に居候して夢はじめ

大木の幹捩れをる寒さかな

雪掻の後したたかに凍りけり

荒星や火を離れ聞く森のこゑ

よき七味あり湯豆腐と決めにけり

酒の粕かかへて雨の本堅田

汲みたての鯋じゆじゆんと焼かれけり

湖水もて磨く舷春近し

三寒の嵯峨野四温の御苑かな

旋回の鳶に雪解野広がりぬ

みづぎはに沿うて伸びたる雪間かな

梢ゆく雲あたらしき立子の忌

大原の人より貰ふ春子かな

茅葺の北側荒るる蕗の花

仮置きの粗朶より赤き芽の立ちぬ

山羊の子の膝の汚れや水温む

給餌メモ貼りたる馬房春の風

三川の出合ひし濁り雉子鳴く

初花やこの橋に父撮りしこと

縁側は物置に似て夜の蛙

九官鳥喋らせてゐる四月馬鹿

恐竜を提げて子の来る春の寺

大橋の太りはじめし蜃気楼

好日や葉をつけて切る八朔柑

源五郎似五郎乗込み盛んなる

春の鴨しづかに距離を広げあふ

波波迦咲く野辺の送りをせし辺り

鉈傷をもちたる桐の咲きにけり

尾根はいま石楠花のみち風走る

鎮魂の碑の光陰や岩鏡

洞発ちし鳥万緑へ消えにけり

一日かけ逢ひにゆく樹や泉汲む

糸失せて浦島草の老いたるよ

雲がちに明るき空よ鳧の鳴く
みづうみに田植濁りの及びけり

葦切や榊捧げに舟で来る

巡礼の早寝の枕河鹿きく

那智黒に黒の涼しさありにけり

子の気配なき箱庭の一軒家

ほととぎす天王山の雨呼びぬ

蛇泳ぐその全長を伸ばしきり

夏至の日を朝昼晩と使ひけり

列車ゆくたび昼顔の衰ふる

半夏雨丹波一国洗ひけり

梅花藻の花や豆腐のよく冷えて

前足の覚めてはんざき動きけり

一人づつ銅鐸鳴らす夏休

可愛いと言ひあひ祭浴衣の子

みづうみへ出て波変はる船遊

海月など眺めてをりて遅れけり

バイオリン作るおがくづ秋隣

山中を灯動く夜の秋

杣小屋の日暮は早し秋蛍

二つ三つおしょらい様へ庭の梨

おしょらい様…盂蘭盆に親しみを込め死者の霊を言う関西の言葉。

火を得たる苧殻一気に燃え立ちぬ

大文字父の匂ひの書斎より

ぼんやりと眺めてをれば風澄めり

いつもの木仰ぎ白露と思ひけり

蓮の実の飛んで大きな風来る

水澄むと赤子の足を浸しけり

慶事あり一抱へ挿す秋桜

一艘はがらくた置場蘆の花

畝の間の醜草きほふ秋旱

朝夕の畑仕事や秋渇き

湖のくびれの見えて鷹渡る

山葡萄しんしんと沼溢れをり
旅の途次かも秋蝶のあさぎ色

膝に置く小鳥の図鑑水の秋

冷やかやや波に遅れて戻る砂

申し訳ばかりに竹の伐られけり

採るほどもなしと言ひては零余子とる

キーナイに釣りたる鮭の子と届く
かなたまで山影しるし月今宵

戦場の山みな低し豆を打つ

組み上げし栈敷に木の実降りにけり

マジックで時間書き換へ村芝居

山へ鳴る始業のチャイム秋の虹

薄ら日の山へ近づく崩れ簗

ほうほうと雨に鳴らしぬ瓢の笛

小さき鍋使ひ回して秋の暮

照度上げたれど夜寒の灯なりけり

晩秋へスピード上げて漁り船

文化の日花を切るたび子に持たせ

蕉翁に曾良の連れだつ屛風かな

落柿舎の離れ灯りぬ枯芙蓉

古き世の匂ひ顕たしめ栃落葉

闇鍋の闇むんむんと煮詰まりぬ

忘年や波郷康治の書の話

黒コート畳み波郷の墓の前

極月の忘れ物めく日向かな

霙とも雨とも觚の傾きて

八橋の五の橋辺り凍りけり

山頂に触るる入日や年用意

絨毯の先あをにびの鴉の海
翼なきごと水鳥のしづかなる

句集　雨奇　畢

あとがき

『雨奇』は『晴好』に次ぐ第三句集である。二〇一三年夏から二〇一七年末までの三百八十五句を収めた。表題の『雨奇』は前句集『晴好』を承けた命名で、西湖を詠んだ蘇軾《そしょく》の詩から生まれた「晴好雨奇」という熟語に因む。「晴れの景は素晴らしい、雨の風情もまた情趣がある」という意味で、前句集では近江の風光を愛でる気持ちから『晴好』としたが、このたびは境涯に重きをおいて名付けた。『晴好』以後、はしなくも人生の苦難に遭遇し、もがきながら日々を過ごすなかで、雨もまた佳《よ》しという感懐を得たのである。

この五年の間に訪れた夫の発病と死は、人生最大の難事であった。導かれるように遍路を始め、半年余りをかけて満願、高野山に御礼参りをした。さらに一周忌を済ませてから、「遍路ころがし」といわれる難所を歩いた。無心に祈ること、ひたすら歩くこと。四国という風土や遍路同士の身の上話。それらが凋《しお》れていた心に安寧と再起の力を与えてくれた。俳句の旅ではなかったが、俳句に残すことでさらに心が鎮まってゆくのが分かった。この体験がなかったら新しい人生は展けてこなかったと思えるほど稀有な経験であった。よって、遍路関連の句で一章を立てた。この章に新年と秋の句がないのは、巡礼そのものをしていないからである。

そもそも『雨奇』はこのような時期の句集なので、新年の句が少ない。また、章ごとに季節の偏りがあるが、全体を通してみれば、春夏秋冬ほぼ均等に九十数句となっている。計ったことではなく、結果的にバランス良く収まっていたのであり、不思議な思いがしている。

本年四月に月刊俳誌「漣《れん》」を創刊する運びとなった。新たな出発の時期に本書を上梓できるのは大きな喜びである。初心から懇切にご指導いただいた金久美智子先生に心より感謝申し上げる。また、「晨」に参加後は、大峯あきら先生、山本洋子先生からも多くのことを教わった。その大峯先生が、一月三十日に急逝された。その夜まで俳句の整理をなさっていたそうである。先生の晩年に教えを受けられたことは、幸せ極まりない。心よりご冥福をお祈り申し上げる。

「氷室」でご一緒したお仲間、吟行や句座をともにしてくださっている超結社の皆さん、これまで様々な場でお世話になった多くの方々を思い浮かべて、俳縁の有難さを嚙《か》みしめている。出版に当たり、ＫＡＤＯＫＡＷＡの石井隆司様、『俳句』編集長の白井奈津子様に大変お世話になった。厚く御礼申し上げる。

平成三十年三月

前田攝子

【著者略歴】

前田 攝子 ………………（まえだ・せつこ）

1952 年　11 月 26 日京都市生まれ
1993 年　1 月「氷室」入会、金久美智子に師事
1997 年〜 2013 年　「氷室」編集部・副編集長・編集長
1999 年　京都俳句作家協会年度賞受賞
2001 年　句集『坂』上梓
2013 年　句集『晴好』上梓（第 63 回滋賀県文学祭文芸出版賞）
2014 年　「晨」同人参加
2017 年　「漣俳句会」設立、12 月「氷室」退会
2018 年　4 月月刊俳誌「漣」創刊

現在　「漣」主宰、「晨」同人
公益社団法人俳人協会幹事、大阪俳人クラブ会員、京都俳句作家協会幹事、滋賀県俳句連盟幹事

現住所　〒 520−0248　滋賀県大津市仰木の里東 1−18−18

角川21世紀俳句叢書

句集　雨奇《うき》

初版発行　2018（平成30）年4月25日

著　者　前田攝子
発行者　宍戸健司
発　行　一般財団法人 角川文化振興財団
〒102-0071　東京都千代田区富士見 1-12-15
電話 03-5215-7819
http://www.kadokawa-zaidan.or.jp/
発　売　株式会社 KADOKAWA
〒102-8177　東京都千代田区富士見 2-13-3
電話 0570-002-301（カスタマーサポート・ナビダイヤル）
受付時間 11:00〜17:00（土日 祝日 年末年始を除く）
https://www.kadokawa.co.jp/
印刷製本　中央精版印刷株式会社
本書の無断複製（コピー、スキャン、デジタル化等）並びに無断複製物の譲渡及び配信は、著作権法上での例外を除き禁じられています。また、本書を代行業者等の第三者に依頼して複製する行為は、たとえ個人や家庭内での利用であっても一切認められておりません。
落丁・乱丁本はご面倒でも下記 KADOKAWA 読者係にお送り下さい。
送料は小社負担でお取り替えいたします。古書店で購入したものについてはお取り替えできません。
電話 049-259-1100（10時〜 17時／土日、祝日、年末年始を除く）
〒354-0041　埼玉県入間郡三芳町藤久保 550-1
© Setsuko Maeda 2018 Printed in Japan ISBN978-4-04-884173-3 C0092

角川21世紀俳句叢書

あざ　蓉子
有澤　榠櫨
伊藤伊那男
稲畑廣太郎
井上　康明
今井　肖子
今井　豊
今橋眞理子
上田日差子
遠藤若狭男
小澤　克己
恩田侑布子
駒木根淳子
佐怒賀正美

谷口　摩耶
辻　恵美子
対馬　康子
照井　翠
仲　寒蟬
中田　水光
中西　夕紀
名村早智子
西村　和子
西宮　舞
西山　睦
長谷川　櫂
原　雅子
檜山　哲彦

広渡　敬雄
星野　高士
前田　攝子
松尾　隆信
三村　純也
守屋　明俊
矢野　景一
山﨑　十生
山田　佳乃
山根　真矢

（太字は既刊）